Analyse d'œuvre

Rédigée par Harmony Vanderborght

Les Misérables

de Victor Hugo

VICTOR HUGO

- Né en 1802 à Besançon.
- Mort en 1885 à Paris.
- **Quelques-unes de ses œuvres :**
  - *Hernani* (drame en cinq actes et en vers, 1830)
  - *Notre-Dame de Paris* (roman, 1831-1832)
  - *Les Contemplations* (recueil de poésie, 1856)

Personnage essentiel de la scène littéraire française du XIXe siècle, Victor Hugo laisse derrière lui une œuvre riche et protéiforme. Touche-à-tout, il s'illustre aussi bien dans la poésie (lyrique, satirique et épique) que dans le roman ou encore au théâtre. Sa production forme pourtant un tout indivisible et complémentaire : sa prose narrative, sa poésie lyrique et son discours dramatique s'imbriquent de façon harmonieuse, offrant à la littérature française ses plus grands monuments. Si elle est teintée d'une dimension épique, elle est aussi une œuvre profondément populaire qui véhicule de grandes valeurs sociales (le travail, la vertu des petites gens, etc.). Considéré comme l'un des principaux représentants du romantisme français, Hugo inscrit sa création dans une société en pleine mutation dans laquelle les sentiments personnels sont exacerbés et qui laisse apparaître l'héroïsme de certains personnages.

Homme de son siècle, intellectuel engagé, il est le porte-parole des idéaux révolutionnaires et républicains. D'abord préoccupé par la peine de mort (*Le Dernier Jour d'un condamné*, 1829 ; *Claude Gueux*, 1834), c'est avec véhémence qu'il prend position tout au long de sa vie sur des questions relatives à l'éducation, à la misère et aux inégalités sociales engendrées par un système malade. À mesure que le temps passe, son activité politique se fait de plus en plus intense : il plaide en faveur d'une liberté de la presse, du suffrage universel et d'un enseignement gratuit et obligatoire (« Discours à l'Assemblée législative », 1849-1851). Dans ses idées, il évolue d'une idéologie monarchiste vers un enthousiasme pour les idées libérales et une admiration pour Napoléon Ier (empereur des Français, 1769-1821).

Sa mort, survenue le 22 mai 1885, plonge le peuple français dans une profonde tristesse. Le 1er juin, ils sont près de deux millions à rendre hommage à celui qui incarnait il y a peu la gloire nationale.

LES MISÉRABLES

- **Genre :** roman.
- **1ʳᵉ édition :** en 1862.
- **Édition de référence :** *Les Misérables*, édition présentée, établie et annotée par Yves Gohin, Paris, Gallimard, coll. « Folio classique », 1995.
- **Personnages principaux :**
  - Jean Valjean, héros du récit.
  - Monseigneur Bienvenu, personnage secondaire qui viendra en aide à Jean Valjean.
  - Fantine, mère de Cosette.
  - Cosette, fille de Fantine.
  - Les Thénardier, famille qui accueille la petite Cosette avant que Jean Valjean l'en délivre.
  - Marius, petit-ami de Cosette.
- **Thématiques principales :** la misère sociale, l'histoire, la foi, la pauvreté.

À propos de son roman *Les Misérables*, Victor Hugo affirme qu'il s'agit d'une épopée sociale : il souhaite ainsi peindre l'histoire de la société contemporaine et, par là, montrer la manière dont les hommes luttent pour le progrès et la justice.

Il en entame la rédaction à partir de 1845. Dans un premier temps, il intitule l'ouvrage « *Les Misères* » qui a comme héros principal Jean Tréjean. Le mot « fin » y sera apposé le 30 juin 1861 à Waterloo. En 1862, s'opposant au principe de publication en feuilleton en vogue à l'époque, il signe un contrat avec Albert Lacroix (éditeur belge, 1834-1903) pour une double édition qui sera simultanément publiée en France et en Belgique. *Les Misérables* paraît en trois temps : la première partie le 3 avril 1862, les deuxième et troisième le 15 mai, et la quatrième et dernière partie le 30 juin.

Le 23 mars 1862, Hugo écrit que ce livre sera l'« un des principaux sommets, sinon le principal » de son œuvre (GELY (Claude), Les Misérables *de Hugo*, Paris, Hachette, 1975, p. 3). C'est que la question de la misère le préoccupe depuis bien longtemps : son roman à thèse, *Le Dernier Jour d'un condamné*, portait déjà en germe les idées qui y sont développées (« ces misérables dont vous regardez à peine quand ils passent près de vous dans la rue », p. 8). Il s'agit d'un roman opulent, foisonnant, qui offre au lecteur de grandes peintures épiques, telles que la bataille de Waterloo (18 juin 1815), à laquelle est consacré tout un livre, malgré le lien ténu avec le reste du récit.

Victor Hugo avait semble-t-il vu juste puisque *Les Misérables* est bel et bien considéré comme l'une des plus grandes œuvres du XIXe siècle et continue, encore aujourd'hui, à être étudié.

LA VIE DE VICTOR HUGO

| Photo de Victor Hugo prise par Étienne Carjat en 1876.

« CE SIÈCLE AVAIT DEUX ANS »

Né en février 1802, Victor Marie Hugo est le troisième fils de Joseph-Léopold Sigisbert Hugo (1773-1828), un officier républicain qui sera promu général de l'Empire en 1809, aux idéaux révolutionnaires, et de

Sophie Trébuchet (1772-1821), prônant pour sa part un royalisme de droit divin. Cette opposition, dans laquelle il se trouve immédiatement plongé, se ressentira à travers son œuvre, dans laquelle il recherchera sans cesse le compromis.

En suivant son père, le jeune Victor Hugo voyage beaucoup à travers l'Europe. Il connaît une enfance très agréable, avec pour seule ombre au tableau la mésentente puis la rupture de ses parents en 1815. À la maison des Feuillantines, entourée par de charmants jardins, ses frères, Abel et Eugène, et lui disposent d'une vaste bibliothèque, et leur mère les incite vivement à la lecture. C'est là que Victor compose ses premiers vers. Très tôt, il manifeste un goût prononcé pour l'écriture : « Je veux être Chateaubriand ou rien », confie-t-il à son journal en 1816 (*Les Contemplations*, Paris, Gallimard, 2000, p. 416). Dès l'âge de 16 ans, il fonde avec ses frères une revue littéraire, *Le Conservateur littéraire*, marchant dans le sillage du *Conservateur* de Chateaubriand (écrivain français, 1768-1848). Quatre ans plus tard, il donne une première édition de ses *Odes* (1822).

De dures épreuves vont néanmoins se succéder à partir de 1820, période au cours de laquelle il perd sa mère atteinte de tuberculose. Sa vie sera marquée par le glissement de son frère vers la schizophrénie, par la mort de sa fille aînée Léopoldine (1824-1843), ainsi que par la disparition de ses deux fils ; de lourds événements qui seront pour lui autant de fractures qui transparaîtront dans ses écrits.

LE DÉBUT DE L'ENGAGEMENT

S'il est d'abord plus proche des formes poétiques traditionnelles, déclarant dans la préface des *Odes* datée de 1824 qu'il n'est ni classique ni romantique, mais conciliateur entre les deux, il deviendra pourtant le symbole du romantisme. Il expose d'ailleurs dans la préface de *Cromwell* (1827) les théories dramatiques du romantisme : il convient premièrement d'abandonner toute règle arbitraire (par exemple, les unités de temps et de lieu) tout en conservant l'esthétique du vers ; il prône ensuite l'association du grotesque et du sublime ainsi que la combinaison des genres (sérieux et comique) ; enfin, l'auteur doit rechercher la vérité historique.

C'est à partir des années 1830 que Victor Hugo connaît la gloire, avec son roman historique *Notre-Dame de Paris* (1831). Il arbore une écriture pleinement romantique dans *Les Feuilles d'automne* (1831).

Après la mort de sa fille, qui s'est noyée en 1843, l'écrivain plonge dans un chagrin inextinguible. Son écriture se transforme peu à peu, répondant à une mission sociale qu'il reconnaît dans la fonction du poète. Il adhère à la monarchie parlementaire de Louis-Philippe (1773-1850), qui le nomme pair de France en avril 1845. Il se consacre désormais à la politique, et débute à la même époque l'écriture des *Misérables*. Devenu républicain, il propage ses idées démocratiques et, en 1849, il est élu à l'Assemblée législative. Le 9 juillet, il prononce son *Discours sur la misère* dans lequel il défend fermement la cause des pauvres. Son cheminement politique vers la gauche ne cesse dès lors de s'accentuer.

L'EXIL, PUIS LE RETOUR EN FRANCE

Après le coup d'État du 2 décembre 1851, qu'il condamne vigoureusement dans *Napoléon le Petit* (1852), il entre dans l'opposition et est exilé à Jersey puis à Guernesey. Depuis son île, il rédige un recueil de poèmes satiriques contre Napoléon III (1808-1873) et contre le Second Empire (*Châtiments*, 1853). Il publie également un recueil lyrique dédié à sa fille Léopoldine (*Les Contemplations*, 1856).

En 1870, après la défaite de l'armée française à Sedan, qui sonne le glas du Second Empire, Victor Hugo revient en France et encourage le peuple à se positionner dans la résistance. Il est désormais une personnalité politique officielle. En 1876, il est élu sénateur de Paris.

Il meurt en 1885 des suites d'une congestion pulmonaire. Après des funérailles nationales, son corps est inhumé au Panthéon.

| Transfert du cercueil de Victor Hugo au Panthéon, 1er juin 1885.

RÉSUMÉ DES *MISÉRABLES*

À travers le parcours de Jean Valjean, le roman dépeint la réalité de plusieurs « misérables », c'est-à-dire des personnes vivant dans une extrême pauvreté et ignorées des classes sociales supérieures. Leurs conditions font qu'elles sont souvent associées à des comportements malhonnêtes.

> « Sans doute ils paraissaient bien dépravés, bien corrompus, dégradés ; d'ailleurs il y a un point où les infortunés et les infâmes se mêlent et se confondent dans un seul mot, mot fatal, les misérables ; de qui est-ce la faute ? Et puis ; est-ce que ce n'est pas quand la chute est plus profonde que la charité doit être plus grande ? » (t. 2, p. 29)

L'action se situe en France entre la bataille de Waterloo et l'insurrection républicaine de juin 1832. L'ouvrage se divise en cinq parties, dont les titres reprennent les noms des personnages principaux, à l'exception de la quatrième partie (« L'idylle rue Plumet et l'épopée rue Saint-Denis »). Remarquons à ce propos que la forme des sous-titres est en général élastique : ils désignent tantôt un personnage, tantôt un lieu ou un fait marquant ; ils peuvent également participer au suspens ou encore répondre à certaines figures de style (« Les grandeurs du désespoir », partie IV, XIV).

FANTINE

Le récit s'ouvre sur le personnage de Monseigneur Myriel (surnommé par le peuple Monseigneur Bienvenu), l'évêque de la ville de Digne, présenté d'emblée par le narrateur comme « un juste ». Généreux envers les pauvres et les marginaux, miséricordieux, il accueille chaleureusement un ancien forçat que la plupart des auberges de la ville ont éconduit : Jean Valjean. Celui-ci vient de passer 20 ans au bagne pour le vol d'un pain. Malgré le bon accueil de Monseigneur Bienvenu, Jean Valjean s'enfuit en pleine nuit après s'être emparé de l'argenterie. Lorsque l'évêque s'aperçoit du vol, la gendarmerie se présente chez lui avec le coupable. L'évêque nie le crime, prétextant avoir donné les couverts à son hôte. Il lui donne même deux autres chandeliers, en déclarant :

> « Jean Valjean, mon frère, vous n'appartenez plus au mal, mais au bien. C'est votre âme que je vous achète ; je la retire aux pensées noires et à l'esprit de perdition, et je la donne à Dieu. » (t. 1, p. 163)

Sur son chemin pourtant, Jean Valjean vole à nouveau une pièce à un jeune garçon nommé Petit-Gervais. Cependant, les paroles de Monseigneur Bienvenu lui reviennent à l'esprit, et il décide de prendre le chemin de la rédemption. Considéré comme récidiviste, Jean Valjean doit quitter la ville. Sous le nom de M. Madeleine, il refait sa vie vertueusement dans la ville de Montreuil-sur-Mer, où il devient maire.

Le récit se poursuit sur l'histoire de Fantine, une jeune femme née dans la misère, tombée enceinte fort jeune et qui, afin de nourrir sa fille Cosette, se heurte à de terribles épreuves : elle vend ses cheveux ainsi que ses dents, et finira même par se prostituer. Désespérée, elle rencontre les Thénardier, une petite famille d'apparence bienveillante à qui elle implore de bien vouloir s'occuper de sa fille jusqu'à ce qu'elle puisse retrouver une stabilité. Ceux-ci acceptent, mais ils s'avèrent être des gens cruels et cupides : l'enfant est durement exploitée, et ils réclament de plus en plus d'argent à Fantine. Son destin croise celui de M. Madeleine, qui lui promet qu'il fera tout pour l'aider. Entre-temps, il retourne se dénoncer pour sauver la vie d'un dénommé Champmathieu, accusé à tort des crimes commis par Jean Valjean. Il s'échappe ensuite pour retourner sauver Cosette, afin d'honorer la promesse qu'il a faite à Fantine, tombée malade.

COSETTE

Le premier livre de cette partie relate longuement la bataille de Waterloo, malgré qu'elle ne soit pas véritablement liée au récit. Il s'agit pour Victor Hugo d'un prétexte pour insérer un discours sur un thème qui l'intéresse beaucoup. Dans une « Parenthèse », le narrateur propose également une réflexion sur la vie religieuse : Hugo ne croit pas à la dure vie monastique, mais plaide plutôt en faveur d'une foi sincère.

Une fois ces digressions terminées, une course-poursuite s'engage entre l'impitoyable inspecteur de police Javert et Jean Valjean qui s'est évadé pour retourner chercher Cosette. Il arrive à la demeure des Thénardier la veille de Noël. Il parvient à la soustraire aux mains de cette famille cupide, lui offre une poupée qu'elle avait longuement admirée dans une vitrine, et l'emmène avec lui. Une nouvelle fois contraint de changer d'identité, il s'installe avec elle dans un couvent, et se fait appeler Fauchelevent. À partir de ce moment, et après la mort de Fantine, il élève Cosette comme sa propre fille.

| *La Poupée de Cosette*, tableau de Léon Comerre.

MARIUS

Quelques années plus tard, les Thénardier ont refait leur vie dans la masure Gorbeau, qui avait appartenu à Jean Valjean. Ils y vivent dans une grande misère avec leurs deux filles et leur fils Gavroche, parangon du gamin parisien. Leur voisin, Marius Pontmercy, est un petit-fils de bourgeois passionné par la Révolution. Éponine, l'une des filles Thénardier, en est secrètement amoureuse. Le jeune garçon rejoint, par le biais d'un de ses camarades, la communauté des Amis de l'ABC (une association révolutionnaire), et fait la rencontre de Cosette dont il tombe éperdument amoureux. Cependant, malgré de multiples tentatives pour la revoir, et après avoir suivi Cosette et son père jusqu'à leur demeure, il apprend que ceux-ci ont déménagé. Son chagrin est immense.

Quelque temps après, il assiste avec étonnement à la visite d'un riche monsieur et de sa fille chez ses voisins, qui pourraient les aider à se sortir de leur malheur. Ces personnes ne sont autres que Jean Valjean et Cosette ! Une fois ces derniers partis, Marius est témoin d'une scène au cours de laquelle les Thénardier mettent au point une embuscade qu'ils exécuteront au retour de Jean Valjean. Le jeune garçon décide alors de tout rapporter à un policier. Malheureusement, il s'agit de Javert, qui cherchait toujours activement le criminel évadé, mais Jean Valjean parvient une fois de plus à s'échapper.

L'IDYLLE RUE PLUMET ET L'ÉPOPÉE RUE SAINT-DENIS

Le récit se déroule à présent pendant la période d'effervescence politique qui a lieu entre 1831 et 1832. Marius a déménagé et se retrouve à nouveau éloigné de celle qu'il aime. Ne désirant que son bonheur, Éponine lui propose de la retrouver : Jean Valjean et Cosette se sont installés rue Plumet. Marius et Cosette peuvent enfin se déclarer leur amour et échanger leur premier baiser. Jean Valjean vient perturber leur relation lorsqu'il annonce à Cosette qu'ils doivent partir vivre en Angleterre. Anéanti, Marius pense au suicide. Il rejoint ses amis au cœur d'une violente émeute qui éclate dans Paris. De nombreux protagonistes du roman se retrouvent autour de la barricade de la rue Saint-Denis. Au milieu du désordre, il croise Éponine qui, gravement blessée, lui confie un billet rédigé par Cosette. Mais Marius a peu d'espoir en la possibilité de vivre pleinement leur amour. Il lui écrit en retour, affichant son désir de mourir. Jean Valjean prend connaissance de cet échange et part à la recherche de celui qui souhaite épouser Cosette. Là, il aperçoit Javert et, alors que l'occasion se présente pour lui de le fusiller, il l'épargne.

JEAN VALJEAN

Pour les insurgés, le combat est presque perdu. Certains décident pourtant de se battre jusqu'au bout. Après sa sœur, c'est au tour de Gavroche d'être tué sous les balles, en chantonnant. Marius, de son côté, est blessé et inconscient. Jean Valjean le retrouve et l'emporte sur son dos dans les égouts. Sur le point d'atteindre la sortie, il rencontre devant une grille close Thénardier, qui ne le reconnaît pas, mais, persuadé que l'homme tente de dissimuler un cadavre, il lui demande de l'argent afin de l'aider à s'enfuir. Seulement, à la sortie du cloaque, Jean Valjean se retrouve face à Javert. Le premier accepte d'être emprisonné si le second ramène Marius chez son grand-père. Finalement, l'inspecteur disparaît au lieu d'arrêter le coupable, très reconnaissant envers Jean Valjean de lui avoir sauvé la vie. Bouleversé par les regrets, il finit par se suicider.

Cosette et Marius sont sur le point de se marier. Après une longue période d'hésitation, Jean Valjean décide d'avouer à Marius son passé d'ancien forçat et la vérité sur sa fille. Outré, Marius souhaite l'éloigner du couple. Cependant, il finit par apprendre que c'est à cet homme qu'il doit la vie. Heureux, les époux l'implorent de venir vivre avec eux, mais il s'éteint, après avoir rappelé à Cosette quelques doux moments qu'ils avaient passés ensemble.

L'ŒUVRE EN CONTEXTE

UN SIÈCLE BOULEVERSÉ

L'intrigue des *Misérables* prend place dans un cadre historique particulièrement troublé. En effet, à la suite de la Révolution française (1789), le xixᵉ siècle voit se succéder une série de régimes politiques. Ce n'est qu'en 1870 que la République sera définitivement adoptée.

Deux ans après la naissance de Victor Hugo, Napoléon Iᵉʳ (1769-1821) s'empare du pouvoir et se lance à la conquête de l'Europe. Il ne faudra pas moins de sept coalitions pour venir à bout de celui qui a mis à feu et à sang le continent. L'Empereur abdique une première fois en 1814, puis reprend le pouvoir durant les Cent-Jours (du 20 mars au 18 juin 1815).

C'est la bataille de Waterloo qui, en premier, marque fortement le récit des *Misérables*. Le 18 juin 1815, elle oppose l'armée française et Napoléon Iᵉʳ à l'armée des alliés, composée de Britanniques, de Prussiens et de Néerlandais, qui remporte la victoire. La Restauration de la monarchie (6 avril 1814-29 juillet 1830) est une période de paix relative et d'expérimentation en termes de monarchie constitutionnelle. Mais, bientôt, les mesures prises par Charles X (1757-1836) déplaisent au peuple, qui se révolte contre le souverain.

C'est ensuite l'insurrection républicaine (juin 1832) qui affecte Victor Hugo. Cet épisode prend place pendant la monarchie de Juillet (1830-1848), durant laquelle Louis-Philippe (1773-1850) règne, et qui laissera place à la Seconde République. Louis-Napoléon Bonaparte devient alors Napoléon III à la suite d'un coup d'État en décembre 1851.

Par son caractère fortement autoritaire, le Second Empire assujettit les milieux littéraires ; les écrivains sont alors dépolitisés. Par ailleurs, le prolétariat littéraire, constitué de ces classes ouvrières potentiellement dangereuses, n'existe pas encore. C'est ce qui confère au texte des *Misérables*, qui défend fermement la cause populaire, toute sa puissance. Victor Hugo surplombe alors la scène littéraire.

LE ROMANTISME EN FRANCE

Venu d'Allemagne et d'Angleterre, le romantisme apparaît en France au début du XIXe siècle et touche rapidement toutes les formes d'expression artistiques de l'époque (littérature, arts plastiques, musique). Protestant contre les formes traditionnelles du classicisme, il prône l'individualité créatrice, l'exaltation des sentiments et la manifestation du moi de l'homme moderne. C'est le principe de la liberté totale dans l'art qui est avancé. Rejetant toute rationalité, le romantisme appréhende la réalité en recourant à des thématiques comme celles du rêve, du fantastique, des réalités éloignées dans le temps (épisodes historiques) et dans l'espace (l'Orient, l'Espagne, l'Italie).

En littérature, le poète se tourne vers le lyrisme romantique, par opposition au lyrisme classique qui est jugé trop impersonnel. Les vers sont désarticulés. On rejette les règles et les genres prédéfinis, on ne conserve que la correction grammaticale. La langue se fait plus riche et plus fantaisiste.

Aux alentours de 1830, le romantisme connaît un véritable succès. Des écrivains comme Victor Hugo ou Alphonse de Lamartine (1790-1869) considèrent que le poète a un rôle à jouer sur la scène politique et sociale. On voit alors s'opérer une division entre un romantisme purement littéraire et un romantisme social. On distingue également un groupe aux idées nettement conservatrices, dans lequel on retrouve notamment Alfred de Vigny (1797-1863), d'un autre porté davantage par les projets du libéralisme auquel appartient Stendhal (1783-1842).

Vers 1850, le mouvement réaliste apparaît en réaction aux épanchements excessifs des romantiques. Contrairement à ces derniers, les représentants du nouveau genre cherchent à peindre le réel de la manière la plus fidèle possible. Les sujets traités sont alors plus populaires, liés à une classe ouvrière qui se développe.

ANALYSE DES PERSONNAGES

Il est difficile de dresser une liste à la fois brève et exhaustive des personnages qui apparaissent dans *Les Misérables*. Nous analyserons dans cette partie les rôles-clés rencontrés dans le récit. Par ailleurs, dans un souci de complétude, nous étudierons, plus loin, les relations d'un autre personnage important à travers l'examen des thématiques de l'ouvrage.

JEAN VALJEAN ET LES MISÉRABLES

| *Jean Valjean*, gravure de Gustave Brion, 1862.

Ce héros du roman est un ancien détenu, qui a passé 19 ans au bagne pour avoir volé un pain afin de nourrir sa famille. Sa peine s'est alourdie à cause de ses quelques tentatives d'évasion. Une punition qui est complètement disproportionnée au regard des faits commis. Jean Valjean, « l'inoffensif émondeur de Faverolles » (t. 1, p. 147-148), n'a pas un mauvais fond : s'il a péché, c'est bien à cause de la société qui ne donne aucune chance aux misérables.

Initialement destiné à s'appeler Jean Tréjean, le personnage de Jean Valjean aurait été inspiré d'un certain Pierre Maurin, condamné aux galères pour le vol d'un pain qu'il voulait donner à ses enfants.

Au fil du roman, il endossera successivement plusieurs fonctions : d'ancien forçat, il devient maire de Montreuil et acteur de la Révolution, et joue également le rôle de père pour Cosette. Cette progression va de pair avec une transformation psychologique qui l'affecte puisqu'il choisit de se comporter désormais en honnête homme. Ce n'est pas un hasard si ce héros hors la loi est amené à changer constamment d'identité afin de ne pas être retrouvé par Javert.

Plus qu'un personnage, Jean Valjean est une représentation symbolique de la populace. À lui seul, il représente en quelque sorte tous les éléments des couches inférieures de la société. On connaît d'ailleurs très peu d'éléments sur lui (« De son origine, on ne savait rien ; de ses commencements, peu de choses. », t. 1, p. 227) et, lorsque l'auteur en donne, ils sont tellement généraux qu'ils pourraient correspondre à nombre d'individus. Cette idée de héros sans nom est visible dès sa première apparition : « Jean Valjean était d'une pauvre famille de paysans de la Brie [...] Sa mère s'appelait Jeanne Mathieu ; son père s'appelait Jean Valjean, ou Vlajean, sobriquet

probablement, et contraction de Voilà Jean. » (t. 1, p. 134-135)
Le Thénardier le nomme d'ailleurs « Monsieur-dont-je-ne-sais-
pas-le-nom » (t. 1, p. 553), lorsque Jean Valjean vient lui ôter la
petite Cosette.

Plus largement, il importe de replacer le protagoniste au cœur
de la foule anonyme d'individus qu'il personnifie. Tout au long du
roman, de nombreux personnages secondaires font leur apparition
sans pour autant jouer un rôle majeur dans l'histoire. Cela répond
à la volonté de Victor Hugo de donner une peinture plus globale
de la misère et de ne pas opérer de sélection, ce qui ne serait
pas représentatif.

MONSEIGNEUR BIENVENU

C'est dans le tout premier livre des *Misérables* que l'on rencontre le
charitable M. Charles-François-Bienvenu Myriel, l'évêque de Digne.
Assisté dans ses tâches par Mlle Baptistine et par Mme Magloire, il représente à lui seul les vertus spirituelles de la foi chrétienne, et concrétise
les valeurs d'amour et de bonté envers chaque être humain : « Il se
penchait sur ce qui gémit et sur ce qui expie [...] il auscultait partout
de la souffrance, et, sans chercher à deviner l'énigme, il tâchait de
panser la plaie. » (t. 1, p. 103) C'est lui qui donne l'impulsion aux sages
résolutions que prendra Jean Valjean pour devenir un homme nouveau.

FANTINE

| Fantine implorant Javert, gravure de Gustave Brion.

Le personnage féminin de Fantine donne à connaître les conditions odieuses dans lesquelles peuvent évoluer les femmes vivant dans les milieux plus pauvres. Elle est, comme Jean Valjean, une allégorie sans nom de la misère. C'est avec elle que le narrateur aborde la question de la prostitution. Fantine est belle et aimable, pourtant la vie ne lui fera aucun cadeau, jusqu'à sa mort éloignée de sa fille.

> « Sortie des plus insondables épaisseurs de l'ombre sociale, elle avait au front le signe de l'anonyme et de l'inconnu. Elle était née à Montreuil-sur-Mer. De quels parents ? Qui pourrait le dire ? On ne lui avait jamais connu ni père ni mère. Elle se nommait Fantine. Pourquoi Fantine ? On ne lui avait jamais connu d'autre nom [...] Point de nom de famille, elle n'avait pas de famille. » (t. 1, p. 183)

COSETTE

Cosette, gravure d'Émile Bayard, 1886.

Cosette est la fille de Fantine. À Montreuil-sur-Mer, pour subvenir à leurs besoins à toutes les deux, cette dernière se voit contrainte de laisser sa fille aux Thénardier, une famille d'individus cupides et sans pitié, qui exploiteront la fillette en la faisant travailler sans relâche pour les corvées du ménage.

Après la mort de sa mère, Cosette est recueillie par Jean Valjean, qui lui sera dévoué tout au long de sa vie. Devenue adulte, elle tombe amoureuse de Marius, qui partage ses sentiments. Leur histoire d'amour est semée d'embûches, mais ils finiront par se retrouver pour se marier.

ANALYSE DES THÉMATIQUES

LA MISÈRE SOCIALE

Les Misérables est d'abord, et surtout, un roman social. Il est novateur et impertinent quant au choix de la problématique qui est celle de la misère, des conditions de vie pénibles qui s'imposent aux classes sociales les plus défavorisées. Ce faisant, Victor Hugo réalise une critique ouverte de la société et du caractère inflexible de l'autorité, laquelle est parfaitement incarnée par l'inspecteur de police Javert, dont le narrateur dresse un profil sévère :

> « Ce personnage, grave d'une gravité presque menaçante, était de ceux qui, même rapidement entrevus, préoccupent l'observateur.
> Il se nommait Javert, et il était de la police.
> Il remplissait à Montreuil-sur-Mer les fonctions pénibles, mais utiles, d'inspecteur.
> [...]
> Les paysans asturiens sont convaincus que dans toute portée de louve il y a un chien, lequel est tué par la mère, sans quoi en grandissant il dévorerait les autres petits.
> Donnez une face humaine à ce chien fils d'une louve, et ce sera Javert. » (t. 1, p. 239-240)

| Javert, gravure de Gustave Brion, 1862.

Cet inspecteur de police n'a d'autre projet que de mettre à exécution les principes étatiques du respect de l'autorité et de la répression de la rébellion. Selon lui, le fonctionnaire ne peut en aucun cas commettre une erreur, et un criminel ne peut contenir en lui que le germe du mal. Dans un premier niveau de lecture, on peut ainsi opposer les personnages incarnant le mal et l'injustice, à d'autres, tels que Jean Valjean repenti, ou à l'évêque, personnification de la bonté.

Pour Victor Hugo, ce manichéisme mis en place par le raisonnement de Javert sous-tend l'ensemble du système de l'autorité de l'époque. Un homme qui, à l'instar de Jean Valjean, volerait un pain pour nourrir sa famille, appartient à la racaille de la pire espèce, au même titre que n'importe quel grand malfaiteur. Mais, à travers ce roman, Victor Hugo souhaite démontrer que c'est le système en lui-même qui est la cause de certains crimes, et que l'extrême pauvreté prédispose d'une certaine manière à la délinquance. Devant ces accusations promptes et injustes, on n'assiste à aucune remise en question concernant l'intolérable traitement qui est infligé aux plus démunis : « Il faut bien que la société regarde ces choses puisque c'est elle qui les fait. » (t. 1, p. 140) Cette opposition outrancière entre le bien et le mal constitue la toile de fond du récit tout entier.

Elle est notamment visible par la présence dans le texte d'une isotopie (une redondance d'éléments sémantiques appartenant à un même champ lexical) concernant la lumière. De manière générale, les misérables sont associés à l'ombre : les crimes ont lieu durant la nuit. Tandis que les personnages qui se trouvent dans le droit chemin sont associés à la lumière, à la clarté. Le chapitre intitulé « Ce qu'il fait » constitue un bon exemple. Alors que Monseigneur Bienvenu a accueilli chez lui Jean Valjean, ce dernier se lève en pleine nuit et s'introduit dans la chambre de l'évêque :

> « La nature mêle quelquefois ses effets et ses spectacles à nos actions avec une espèce d'à-propos sombre et intelligent, comme si elle voulait nous faire réfléchir. Depuis près d'une demi-heure, un grand nuage couvrait le ciel. Au moment où Jean Valjean s'arrêta en face du lit, ce nuage se déchira, comme s'il l'eût fait exprès, et un rayon de lune, traversant la longue fenêtre, vint éclairer subitement le visage pâle de l'évêque. [...] Toute sa face s'illuminait d'une vague expression de satisfaction, d'espérance et de béatitude. C'était plus qu'un sourire et presque un rayonnement. Il y avait sur son front l'inexprimable réverbération d'une lumière qu'on ne voyait pas. L'âme des justes pendant le sommeil contemple un ciel mystérieux.
> Un reflet de ce ciel était sur l'évêque.
> C'était en même temps une transparence lumineuse, ce ciel était au-dedans de lui. Ce ciel, c'était sa conscience. [...]

Jean Valjean, lui, était dans l'ombre, son chandelier de fer à la main debout, effaré de ce vieillard lumineux. Jamais il n'avait rien vu de pareil. Cette confiance l'épouvantait. Le monde moral n'a pas de plus grand spectacle que celui-là : une conscience troublée et inquiète, parvenue au bord d'une mauvaise action, et contemplant le sommeil d'un juste. » (t. 1, p. 157-158)

Cette scène est représentative de l'opposition entre le bien et le mal, traduite par la métaphore de la lumière et de l'ombre. On en déduit également que la part de bonté en l'homme ne relève pas tant d'un Dieu extérieur, mais bien de la conscience profonde de l'individu. Il existe donc une sorte de dualisme au cœur même de l'âme humaine qui apparaît dans un second niveau de lecture.

QUAND LA GRANDE HISTOIRE SERT LA PETITE

Bien que les faits historiques dans *Les Misérables* n'entretiennent que peu de relation avec le récit, Victor Hugo y attache beaucoup d'importance et leur dédie des chapitres entiers. Ceux-ci lui permettent notamment d'intégrer certaines considérations personnelles sur le cours des choses. Ainsi, faisant preuve d'un grand encyclopédisme, il s'autorise à frôler la digression au sujet, par exemple, d'une insurrection qui a eu lieu en juin 1848, pour revenir ensuite à l'année 1832 :

« Les deux plus mémorables barricades que l'observateur des maladies sociales puisse mentionner n'appartiennent point à la période où est placée l'action de ce livre. Ces deux barricades, symboles toutes les deux, sous deux aspects différents, d'une situation redoutable, sortirent de la terre lors de la fatale insurrection de juin 1848, la plus grande guerre des rues qu'ait vu l'histoire.

Il arrive quelquefois que, même contre les principes, même contre la liberté, l'égalité et la fraternité, même contre le vol universel, même contre le gouvernement de tous par tous, du fond de ses angoisses, de ses découragements, de ses dénûments [sic], de ses fièvres, de ses détresses, de ses miasmes, de ses ignorances, de ses ténèbres, cette grande désespérée, la canaille, proteste, et que la populace livre bataille au peuple.

[...]

Là où le sujet n'est point perdu de vue, il n'y a point de digression ; qu'il nous soit donc permis d'arrêter un moment l'attention du lecteur sur les deux barricades absolument uniques dont nous venons de parler et qui ont caractérisé cette insurrection. » (t. 2, p. 541-543)

C'est de cette manière qu'au fil du texte, le narrateur alimente son propos sur la trame principale par des récits auxiliaires qui ont trait à l'histoire.

LA FOI CHRÉTIENNE

Le narrateur propose des observations plus ou moins ponctuelles à propos de la religion chrétienne. C'est évidemment le récit du personnage de Monseigneur Bienvenu qui engendre la plus grande part de réflexion au sujet de la foi. Ce qui est remarquable chez l'évêque de Digne est sa grande bonté et son amour sans limites. Victor Hugo amène avec ce personnage l'insistance d'un esprit critique qui s'étend plus loin que la foi aveugle :

« Ce qui éclairait cet homme, c'était le cœur. Sa sagesse était faite de lumière qui vient de là.

Point de systèmes, beaucoup d'œuvres. Les spéculations abstruses contiennent du vertige ; rien n'indique qu'il hasardât son esprit dans les apocalypses. [...] Il y a de l'horreur sacrée sous les porches de l'énigme ; ces ouvertures sombres sont là béantes, mais quelque chose vous dit, à vous passant de la vie, qu'on n'entre pas. Malheur à qui y pénètre ! [...] Ceci est la religion directe, pleine d'anxiété et de responsabilité pour qui en tente les escarpements.

C'est donc bien les actes qui importent et non le respect du culte religieux ou de l'Église, bien trop rigoriste. La vraie foi éclaire l'homme bon : l'évêque a confié à Dieu l'âme de Jean Valjean, et ce dernier lui en sera reconnaissant jusqu'à la fin de ses jours.

Par ailleurs, il est possible de voir à travers les personnages certaines allusions au texte biblique : Jean Valjean récupère l'enfant la nuit de Noël ; il soutient Marius sur son dos à travers les égouts comme Jésus portait sa croix, et il meurt délivré de ses péchés. Ainsi, la comparaison est possible entre son parcours et la Passion du Christ. Elle est d'ailleurs établie à la fin du chapitre « Une tempête sous un crâne » :

Enfin, l'auteur lui-même, par le biais du narrateur, souligne de manière évidente ce rapprochement dans le chapitre au titre évocateur « Lui aussi porte sa croix » (cinquième partie, livre V, IV) dans une note de bas de page : « Jean Valjean a déjà été comparé au Christ (première partie, livre septième, fin du chapitre III) ; il le sera à plusieurs reprises dans cette fin du roman. » (p. 682)

STYLE ET ÉCRITURE

OPPOSITIONS ET EXCÈS

Le roman de Victor Hugo est traversé tout du long par une forte opposition entre l'idée du bien et du mal. L'antithèse est un trait constitutif de l'écriture hugolienne. Elle se manifeste notamment, dans sa poésie, par l'utilisation de l'oxymore, une figure de style qui repose sur le rapprochement de deux termes diamétralement opposés par leur sens en une même expression. Il écrit ainsi, à propos de la mort de Gavroche : « Cette petite grande âme venait de s'envoler. » (t. 2, p. 599)

En outre, il ne faut pas oublier que les écrivains romantiques apprécient particulièrement les contrastes fortement marqués (les paradoxes permettant d'accéder au réel sous un nouvel angle). Dans *Les Misérables*, certains personnages font presque figure de caricatures, tant leurs comportements sont poussés à l'excès. Prenons l'exemple des manifestations hyperboliques de la bonté de l'évêque de Digne :

> « Un matin, il était dans son jardin ; il se croyait seul, mais sa sœur marchait derrière lui sans qu'il la vît ; tout à coup, il s'arrêta, et il regarda quelque chose à terre ; c'était une grosse araignée, noire, velue, horrible. Sa sœur l'entendit qui disait : - Pauvre bête ! ce n'est pas sa faute. [...]Un jour il se donna une entorse pour n'avoir pas voulu écraser une fourmi. » (t. 1, p. 98-99)

Toutefois, en raison du caractère un peu surfait de ces personnages, leur épaisseur psychologique est peu développée dans le roman, se bornant à des clichés ou à des éléments anecdotiques. Les actions semblent primer sur la finesse des caractères.

UN ROMAN MULTIGENRE

Victor Hugo a été considérablement influencé par le romantisme artistique et littéraire. Tant son œuvre narrative que sa poésie lyrique expriment des émotions très personnelles ou plus universelles (l'amour, la confrontation à la mort). Cela se marque notamment au niveau de l'usage du monologue intérieur. En ce qui concerne la forme, outre les exagérations, il utilise un langage riche, et une abondance d'images. *Les Misérables* témoignent de l'inspiration romantique dans le sens où le lecteur suit la marche héroïque d'un héros solitaire qui devient presque une figure légendaire, mythique. Les scènes sont spectaculaires et, tout comme les comportements des personnages, elles tendent vers une certaine théâtralité.

Il est ici question d'un romantisme social : l'auteur désapprouve et cherche à démonter l'ordre établi qui est injuste ; ce faisant, il propose de nouvelles valeurs socialistes et humanistes. Les romantiques se forgent de la sorte un vaste imaginaire utopique.

Parce que l'auteur recourt, entre autres, à l'argot des bandits, à l'éloquence poétique et à la langue des tribunaux, le langage utilisé dans *Les Misérables* est bigarré. Son instabilité évoque pour certains le fait que « le misérable ne connaît qu'un langage de fortune, avec lequel il ne peut donner vie à son existence. » (Dufour (Philippe), « De la langue au langage : *Les Misérables* », in *Victor Hugo et la langue. Actes du colloque de Cérisy, 2-12 août 2002*, p. 2). L'usage de la langue populaire par Victor Hugo peut être interprété comme une volonté d'ébranler la littérature classique et son vocabulaire soutenu, ainsi que comme une tentative de rendre les personnages plus réels.

L'œuvre de Victor Hugo est fantaisiste, mais elle est également pétrie de réalisme. En effet, l'auteur se documente énormément au sujet des questions qu'il aborde. Par ailleurs, il partage avec le courant réaliste la complétude des descriptions, surtout visuelles. Il refuse cependant d'être associé au réalisme conservateur de Balzac (écrivain français, 1799-1850). Le roman peut aussi être qualifié de roman d'apprentissage pour la progression que connaît le personnage principal, à l'instar d'ouvrages tels que *L'Éducation sentimentale* de Gustave Flaubert (écrivain français, 1821-1880).

LE PERSONNAGE-NARRATEUR

Le narrateur des *Misérables* est hétérodiégétique, cela signifie qu'il ne participe pas en tant que personnage à l'histoire qu'il raconte. Ce conteur, désigné tantôt par un « je », tantôt par un « nous », est omniscient dans la mesure où il assiste aux différentes scènes du roman et les décrit minutieusement. Il se permet cependant d'émettre quelques doutes (« Il advint qu'un digne curé, je ne sais plus si c'était le curé de Couloubroux ou le curé de Pompierry, s'avisa de lui demander un jour [...] », t. 1, p. 63), ou opinions, sans doute pour renforcer l'impression fictionnelle.

Ce narrateur peut être assimilé à l'auteur, Victor Hugo, comme le laissent suggérer certains extraits du livre : « C'est la seconde fois que, dans ses études sur la question pénale et sur la damnation par la loi, l'auteur de ce livre rencontre le vol d'un pain, comme point de départ du désastre d'une destinée. Claude Gueux avait volé un pain ; Jean Valjean avait volé un pain. » (t. 1, p. 140). Dans *Les Misérables*, ce narrateur-témoin est aussi conscient de son rôle de scripteur, qui a sur la relation des événements une totale maîtrise : « Nous n'aurons plus occasion de parler de M. Félix Tholomyès. » (t. 1, p. 215).

En outre, son discours fait l'objet d'un véritable travail et tente de renouveler, une fois de plus, les techniques romanesques tradition-nelles. Similaire à un chroniqueur, il interpelle le lecteur et le guide à travers son cheminement. On constate également qu'il se situe régulièrement dans le présent, où le moment de l'écriture correspond au moment de la narration :

> « Aujourd'hui même il nous est difficile de nous rendre compte de ce qui le poussait en ce moment. Voulait-il donner un avertissement ou jeter une menace ? Obéissait-il simplement à une sorte d'impulsion instinctive et obscure pour lui-même ? Il se tourna brusquement vers le vieillard [...]. » (t. 1, p. 133)

On remarquera d'ailleurs dans cet extrait comment les pensées du scripteur sont imbriquées dans le récit principal.

LA RÉCEPTION DES *MISÉRABLES*

LE SUCCÈS DES *MISÉRABLES*

En 1862, *Les Misérables* connaît un succès immédiat, que d'aucuns avaient prédit. L'écrivain est encensé par les classes populaires. Très vite, les commandes explosent. L'ouvrage fait l'objet de multiples éditions, enrichies par 200 dessins de Gustave Brion (illustrateur français, 1824-1877), de traductions et d'adaptations. Il sera porté sur scène, entres autres, par Charles Hugo (fils de Victor Hugo, 1826-1871) à Bruxelles en 1863, puis sur grand écran dès 1907 avec le court-métrage *Le Chemineau*, et en 1912 avec le film d'Albert Capellani (réalisateur français, 1874-1931), *Les Misérables*. Il est aussi immédiatement parodié.

Parmi les adaptations cinématographiques, certaines ont respecté scrupuleusement le livre, c'est le cas du film éponyme de Jean-Paul Lechanois (1909-1985) en 1958, qui connaît un immense succès à sa sortie. D'autres ont, par contre, osé une plus grande prise de liberté par rapport au texte initial : en 2012, Tom Hooper (réalisateur britannique, 1972) réalise un film musical audacieux basé sur une comédie musicale de Claude-Michel Schönberg (né en 1944) datée de 1980, elle-même inspirée du roman de Victor Hugo.

Les jeux vidéo s'emparent également de l'œuvre de l'écrivain (*Les Misérables : le destin de Cosette* en 2013), mais aussi les séries d'animation japonaises, les mangas, ou encore la bande dessinée (*Les Misérables* de Bérnard Capo, 2010). Toutes ces adaptations n'ont pas la même valeur et certaines finissent malheureusement par dénaturer le récit initial.

L'ÉVOLUTION DE LA CRITIQUE

À sa parution, le roman reçoit les louanges d'auteurs français comme Jules Janin (1804-1874), Auguste Nefftzer (1820-1876), Théodore de Banville (1823-1891), Hector Malot (1830-1907) ou encore Jules Claretie (1840-1913).

Mais il sera aussi vivement critiqué. Selon Jules Barbey d'Aurevilly (1808-1889) qui écrit dans le journal *L'Opinion*, ce roman « amphigourique » (au style embrouillé) constitue « le livre le plus dangereux de ce temps » (GÉLY (Claude), *op. cit.*, p. 21). Ce livre engendrerait, d'après lui, trop de crainte auprès des heureux, et trop d'espoir auprès des malheureux. Lamartine, quant à lui, dans son *Cours familier de littérature*, considère *Les Misérables* comme une intolérable « épopée de la canaille » (*ibid.*). Gustave Flaubert se montre lui aussi très piquant lorsqu'il écrit à Mme Roger des Genettes (1817-1891), l'une de ses amies avec qui il a échangé une centaine de lettres :

> « *Les Misérables* m'exaspèrent. Je ne trouve dans ce livre ni vérité ni grandeur. Quant au style, il me semble intentionnellement incorrect et bas. C'est une façon de flatter le populaire [...]. [I]l n'est pas permis de peindre si faussement la société quand on est le contemporain de Balzac et de Dickens. » (*ibid.*, p. 22)

De manière générale, on lui reproche la bassesse du sujet abordé ainsi que son langage populaire frôlant le grossier.

Le XXe siècle ne sera pas plus clément avec l'œuvre de Victor Hugo : on accuse ses tentatives philosophiques trop peu développées et on critique sa démesure. Mais dès 1925, les surréalistes lui redonnent ses lettres de noblesse. En 1969 se forme un groupe d'études universitaires entièrement consacré à l'écrivain bisontin. Aujourd'hui, le roman est considéré comme un classique de la littérature française, pour l'idéologie populaire innovante qu'il véhicule et pour avoir représenté le romantisme français.

Votre avis nous intéresse !

*Laissez un commentaire sur le site de votre libraire en ligne
et partagez vos coups de cœur sur les réseaux sociaux !*

BIBLIOGRAPHIE

SOURCES BIBLIOGRAPHIQUES

Sources primaires

- Hugo (Victor), *Les Misérables*, édition présentée, établie et annotée par Yves Gohin, deux volumes, Paris, Gallimard, coll. « Folio classique », 1995.
- Hugo (Victor), *Les Contemplations*, Paris, Gallimard, 2000.

Sources secondaires

- Benoit-Dusausoy (Annick) et Fontaine (Guy) (dir.), *Lettres européennes. Manuel d'histoire de la littérature européenne*, Bruxelles, De Boeck, 2007.
- De Beaumarchais (Jean-Pierre), Couty (Daniel) et Rey (Alain), *Dictionnaire des écrivains de langue française*, Paris, Larousse, 2001.
- Dufour (Philippe), « De la langue au langage : *Les Misérables* », in *Victor Hugo et la langue. Actes du colloque de Cerisy, 2-12 août 2002*, Paris, Éditions Bréal, 2005.
- Fillipetti (Sandrine), *Victor Hugo*, Paris, Gallimard, coll. « Folio biographies », 2011.
- Fourny-Dargère (Sophie), Les Misérables *en images. Exposition du 27 octobre 2012 au 27 janvier 2013. Guide de visite*, Villequier, Musée Victor Hugo, 2012.
- Gély (Claude), Les Misérables *de Hugo*, Paris, Librairie Hachette, coll. « Poche Critique », 1975.
- Jossua (Jean-Pierre), *Pour une histoire religieuse de l'expérience littéraire*, Paris, Beauchesne, 1985.
- Lagarde (André) et Michard (Laurent), XIXe *siècle. Les grands auteurs français du programme*, Paris, Bordas, 1960.
- *Les nouveaux textes français. Classes de troisième*, Paris, Hachette, 1948.

- Rosa (Guy), « *Les Misérables. Histoire sociale et roman de la misère* », in *Groupe Hugo*, consulté le 1ᵉʳ octobre 2015. http://groupugo.div.jussieu.fr/Default_Etudes.htm

SOURCES ICONOGRAPHIQUES

- Photo de Victor Hugo prise par Étienne Carjat en 1876. La photo reproduite est réputée libre de droits.
- Transfert du cercueil de Victor Hugo au Panthéon, 1ᵉʳ juin 1885. La photo reproduite est réputée libre de droits.
- *La Poupée de Cosette*, tableau de Léon Comerre. La photo reproduite est réputée libre de droits.
- *Jean Valjean*, gravure de Gustave Brion, 1862. La photo reproduite est réputée libre de droits.
- Fantine implorant Javert, gravure de Gustave Brion. La photo reproduite est réputée libre de droits.
- Cosette, gravure d'Émile Bayard, 1886. La photo reproduite est réputée libre de droits.
- Javert, gravure de Gustave Brion, 1862. La photo reproduite est réputée libre de droits.

Éditeur responsable : Lemaitre Publishing
Avenue de la Couronne 382 | B-1050 Bruxelles
info@lemaitre-editions.com

ISBN ebook : 978-2-8062-6889-1
ISBN papier : 978-2-8062-6890-7
Dépôt légal : D/2016/12603/102